世界经典童话小说书系

一百块金币

著者／埃克多·马洛 等　编译／孙崇秋 等

吉林出版集团股份有限公司 | 全国百佳图书出版单位

图书在版编目（CIP）数据

一百块金币 /（法）埃克多·马洛等著；孙崇秋等编译.
-- 长春 : 吉林出版集团股份有限公司，2016.12

（世界经典童话小说书系）

ISBN 978-7-5581-2135-7

Ⅰ.①—… Ⅱ.①埃… ②孙… Ⅲ.①儿童故事 – 作
品集 – 世界 Ⅳ.①I18

中国版本图书馆CIP数据核字（2017）第065096号

一百块金币

YIBAI KUAI JINBI

著　　者　埃克多·马洛 等
编　　译　孙崇秋 等
责任编辑　李　娇
封面设计　张　娜
开　　本　16
字　　数　50千字
印　　张　8
定　　价　29.80元
版　　次　2017年8月　第1版
印　　次　2020年10月　第4次印刷
印　　刷　三河市嵩川印刷有限公司
出　　版　吉林出版集团股份有限公司
发　　行　吉林出版集团股份有限公司
地　　址　长春市绿园区泰来街1825号
电　　话　总编办：0431-88029858
　　　　　发行部：0431-88029836
邮　　编　130011
书　　号　ISBN 978-7-5581-2135-7

　　儿童自然单纯，本性无邪，爱默生说："儿童是永恒的弥赛亚，他降临到堕落的人间，就是为了引导人们返回天堂。"人们总是期待着保留这份童真，这份无邪本性。

　　每一个儿童都充满着求知的欲望，对于各种新奇的事物，都有着一种强烈的好奇心，这样在成长的过程中就不可避免地被好的或坏的事物所影响。教育的问题总是让每个父母伤透了脑筋，生怕孩子们早早地磨灭了童真，泯灭了感知美好事物的天性。童话很好地解决了这个问题，让儿童始终心存美好。

　　徜徉在童话的森林，沿着崎岖的小径一路向前，便会发现王子、公主、小裁缝、呆小子、灰姑娘就在我们身边，怪物、隐身帽、魔法鞋、沙精随时会让我们大吃一惊。展开想象的翅膀，心游万仞，永无岛上定然满是欢乐与自由，小家伙们随心所欲地演绎着自己的传奇。或有稚童捧着双颊，遥望星空，神游天外，幻想着未知的世界，编织着美丽的梦想。那双渴望的眸子，眨呀眨的，明亮异常，即使群星都暗淡了，它也仍会闪烁不停。

　　童心总是相通的，一篇童话，便会开启一扇心灵之窗，透过这扇窗，让稚童得以窥探森林深处的秘密。每一篇童话都会有意无意地激发稚童的想象力和感知力，让他们在那里深刻地体验潜藏其中的幸福感、喜悦感和安全感，并且让这种体验长久地驻留在孩子的内心，滋养孩子的心灵。愿这套《世界经典童话小说书系》对儿童健康成长能起到一点儿助益，这样也算是不违出版此书的初心了。

编者

2017 年 3 月 21 日

目录
MULU

一百块金币

　　在斯科普里市，有一个连名字都没有的穷汉，虽然已经快三十岁了，却连老婆都娶不上。一天，他听说伊斯坦布尔赚钱比较容易，便去那里做了一名脚夫。

　　在伊斯坦布尔，脚夫什么累活脏活都干。由于他忠厚老实，又肯出力，客人总是多给他一些钱。就这样，仅仅干了几年，脚夫就积攒了一百块金币。

　　自从有了这一百块金币，脚夫晚上便睡不踏实了。

　　每天夜里，他都在盘算，在斯科普里市，一百块金币可以做点儿小买卖。等赚够了钱，就可以买幢大房子，娶妻生子，那样生活就太美好了。可是拿这一百块金币去做买卖，回家的路费怎么办呢……

思考了几天，脚夫决定先找个可靠的地方把金币存起来，等挣够了路费再取出来，这样就万无一失了。最后，他选择把金币寄存在霍加的当铺里。

第二天，天刚蒙蒙亮，脚夫就带着一百块金币来到了霍加的当铺前。

"你当什么?"霍加问道。

"我不是来当东西的，我想求您帮我保管一百块金币。"脚夫回答说。

一听说是一百块金币，霍加的眼睛立刻放出光来。

"哦，没问题。我可以帮你保管，而且不收分文，任何时候你都可以来取。"霍加连忙说道。

听了霍加的话，脚夫非常感动，放心地将一百块金币交给了他。

又过了一些日子，脚夫终于攒够了回家的路费，便来到霍加的当铺。

"老板，我来取存放在您这里的金币。为了感谢您的帮助，我愿意付五块金币的保管费。"脚夫对霍加说。

"我从未替你保管过任何东西，更不要说一百块金币了。你这个穷鬼，想骗钱，也不看看我是谁!"霍加说着，让伙计把脚夫赶出了当铺。

脚夫愁眉苦脸，在大街上徘徊。他不甘心自己辛辛苦苦赚来的钱就这样被霍加赖走。

一位好心的夫人看到失魂落魄的脚夫，就让女仆把他叫了过来。

"我看你神情忧郁，是有什么不开心的事情吗？说说看，也许我能帮助你。"夫人态度温和。

"你真的能帮助我?"脚夫有些不信。

"那你就说说事情经过，不要漏掉任何一个细节。"夫人看起来信心十足。

于是，脚夫把自己的遭遇原原本本地告诉了夫人。

"这件事情我可以帮你办到。我先准备一下，然后和你一起去霍加的当铺。到了门口，你躲起来，我先进去，过一会儿你再进去要钱，我保证他会痛快地把钱还给你。"夫人嘱咐道。

很快，夫人打点好了一切。找到当铺后，按照夫人的安排，脚夫没有进去，而是躲在了门外。

夫人刚一迈进当铺，霍加立刻就被她满身的珠宝惊呆了。

"欢迎光临！请问，您有什么需要我帮忙的吗？"霍加满脸堆笑。

"我确实有件事需要你帮忙，不过你得发誓不向任何人泄露我们的谈话。"夫人慢条斯理地说。

"我发誓！"霍加的神情看起来无比真诚。

"我嫁给了一个大官，是做填房。前几天他去世了，留下了大笔财产。可是丧事还没办完，就冒出来一大堆继承人，要和我分割财产。我想先把财产存放在你这儿，请你妥为保管。等事情过后，我再过来取。你放心，我会给你很大一笔酬劳的。"夫人说道。

"非常愿意为您效劳！"霍加深深鞠了一躬。

正在这时，脚夫推门进来，向霍加索要存放在这里的一百块金币。

"稍等，我马上把金币拿给你！"霍加和颜悦色。

"那我该付您多少保管费呢？"脚夫问道。

"我就是为大家服务的，怎么会收费呢？"霍加的态度来了一个一百八十度的大转弯。

脚夫收好金币，赶紧走了。脚夫一走，夫人连声夸奖霍加，说马上就让女仆把钱财送过来。

夫人离开后，霍加十分得意，觉得发大财的时候到了。他端着茶杯，耐心等着女仆，可一直到天黑，也不见女仆的影子。霍加这才明白上当了。他怒火中烧，摔了手里的茶杯。

"发生了什么事情？"霍加的老婆问道。

"都是你们这些可恶的女人，让我白白损失了一百块金币！"霍加咬牙切齿。

"哪个女人惹你了？"老婆问道。

于是，霍加将事情的经过告诉了老婆。

"哦，原来是这样。如果我把那一百块金币弄回来，你要怎么谢我？"霍加的老婆笑着问道。

"你要是能拿回金币，以后我就听你的。"霍加大声说道。

第二天一早，霍加带着老婆、孩子来到脚夫经常干活的集市，将脚夫指给老婆看，然后躲在一边。

霍加的老婆拖着孩子，发疯似的奔到脚夫跟前，一把将他搂住。

"天哪，我可找到你了！两年前你扔下了我和孩子，可真够狠心的！"霍加的老婆大声喊道。

"我还没有结婚呢，哪来的老婆、孩子呀？"脚夫大惊失色，连忙争辩道。

"你这个天杀的，连老婆和孩子都不认，一定是变心了。"霍加的老婆哭喊着。

"你认错人了，我真的不是你丈夫。"脚夫解释道。

"好狠心呀，我千辛万苦地找到你，没想到你却不认我们！"霍加的老婆坐到地上放声大哭。

脚夫被霍加的老婆弄得晕头转向。正在这时，一队巡逻的警察闻声赶来，不由分说地把脚夫绑到了法官面前。

"法官先生，这个狠心的家伙抛妻弃子，您一定要重重地惩罚他！"霍加的老婆对法官说。

"我真的不是她丈夫!"脚夫大声辩驳。

"混蛋,哪有老婆错认自己丈夫的。你一个脚夫,竟敢做这种事情,打五十鞭子!"法官大声说道。

脚夫挨过鞭子还是拒不承认,法官无奈,当庭宣判他和霍加的老婆解除婚约,并赔偿对方一百块金币。

法官看脚夫不服判决,还派了一个警察跟他去取钱。取钱途中,脚夫来到夫人的家中,把自己的遭遇告诉了她。夫人一听就知道这肯定又是霍加设的圈套。

"别担心,把那一百块金币给她,不过你一定要把孩子的抚养权要过来。判决之后,你就带着孩子来找我。"夫人交代脚夫。

脚夫按照夫人的指点把一百块金币交给了霍加的老婆,同时争取到了孩子的抚养权。

尽管霍加的老婆又哭又闹,但法官考虑到脚夫是孩子的父亲,而且经济条件又允许,所以把孩子判给了脚夫。霍加的老婆只好拿着一百块金币回家了。

　　早早等候在家的霍加得知儿子的抚养权没了，顿觉五雷轰顶。

　　脚夫带着孩子来到夫人家，询问下一步该怎么办。

　　"明天我们去集市拍卖孩子。"夫人说。

　　"这，能行吗?"脚夫问道。

　　"没问题，只要你听我的，准没错!"夫人看起来信心十足。

第二天，脚夫带着孩子找到拍卖员，把法官的判决书递给他，要求拍卖孩子。拍卖员看文件齐全，立即张罗起来。

很快，拍卖开始了。起拍价格是一百块金币。

接到拍卖孩子的消息，霍加立刻跑到集市，一眼就认出了自己的儿子。

"我出一百零一块金币！"霍加连忙出价。

"有人加价，一百零一块金币！"拍卖员扯着嗓子高喊道。

"是谁这么小气，我出五百块金币！"早早前来的夫人高声喊道。

"五百块金币一次！"拍卖员叫喊着。

"我再加一块金币！"霍加打断了拍卖员的喊声。

"我出一千！"夫人也加价了。

"一千块金币一次！"拍卖员报出了新的价格。

"我再加一块金币！"霍加满脸通红。

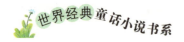

"一千五百块金币！"夫人又喊出了新的价格。

此时的霍加脸色铁青，青筋暴露。他痛恨脚夫，痛恨妻子，痛恨拍卖员，更痛恨那个和他竞价的女人。可是他毕竟舍不得自己的儿子，于是又加价到一千五百零一块金币。

"一千五百零一块金币啦！"拍卖员更加兴奋了。

"我出两千块金币！"夫人又一次显示出了自己的慷慨。

"两千块金币一次！两千块金币两次！两千块金币……"拍卖员高声叫喊着。

霍加闭上眼睛，歇斯底里地又喊出了两千零一块金币的价格。

看到价格差不多了，夫人也就不再加价，拍卖会正式结束。

脚夫把孩子交给霍加，拿到了两千零一块金币。

脚夫兴高采烈地揣着金币，又一次来到夫人家。他非常感激夫人，因为她凭着聪明才智惩罚了贪婪的霍加，还让

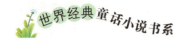

自己得到了这么多金币。

"夫人，是您的好心救了我，但我只能拿属于自己的那一份。"脚夫说着把剩下的金币递给夫人。

"我帮助你，并不是希望得到回报，而是看不惯富人欺负穷人。霍加肯定会找你麻烦的，你还是赶快带着钱回家去吧，真到了那个时候，恐怕我也帮不上你了。"夫人说道。

无论脚夫怎么说，夫人都不肯接受一块金币。

在夫人的一再催促下，脚夫回到住所收拾行李，连夜赶回了家乡斯科普里市。他用一百块金币开了家小酒厂，将剩余的钱都捐给了福利院。福利院为此还送了他一块"大公无私"的匾。

从此，脚夫每天酿酒卖酒，用赚来的钱买了房子，娶了老婆，生了孩子，过上了幸福的生活。

救命的戒指

从前，有一个国王，他在花甲之年喜得一子，取名戛梅禄。

由于国王的溺爱，造成了王子倔强的性格。

不知不觉中，王子长大了，眉清目秀，是个标准的美男子。国王想让他尽早结婚，谁知王子却决定一生不娶妻生子。

面对儿子奇怪的想法，国王百般劝导，但都失败了。

一天，国王劝说儿子结婚，可王子当着满朝文武的面，拒绝了父亲的要求，还大谈一番自己对婚姻的看法。

国王恼羞成怒，下令将他囚禁在炮楼里。

夜里，王子望着窗外的月光，怀念起从前自在的生活。

"唉，结婚总比待在这个炮楼强多了！"王子终于想通了，叹了口气说。

王子思来想去，昏昏沉沉地睡着了。

有一个仙女经常出入王宫，这天夜晚，仙女来到炮楼，发现了王子。

在月光的映照下，王子的脸庞格外清秀，有一种王者之气。

"多么俊美的王子啊！"仙女不禁赞叹道。

仙女替王子盖好被子，便飞走了。

在空中，仙女遇见了另一个王国的魔女。魔女向她讲述了一个传奇故事。

原来，魔女所在的王国，有一位美丽的公主，名叫白都伦。国王爱女如命，为公主打造了七幢豪华宫殿。宫殿全部用罕见的水晶、宝石建造。

公主拥有着绝世美貌和巨大财富，前来求婚的人络绎不绝。

"我根本没有结婚的想法！"公主对国王说。

听到女儿这样说，国王很意外。

"身为公主，我从小被人宠着，如果嫁人，就会受到丈夫的约束，这是我不能忍受的！"公主振振有词。

国王起初还好言相劝，但随着求婚者越来越多，压力也越来越大，便失去了耐性。可是公主以死相抗，国王急得像热锅上的蚂蚁。

国王既想让女儿回心转意，又怕她真的自杀，无奈之下，就把她禁闭在宫中。

听魔女讲完公主的经历，仙女觉得公主和王子的命运太相似了。仔细一想，两人的相貌也非常般配，王子英俊帅气，公主貌美如花。

于是，她们把公主带到王子身边。

这时，王子突然从梦中醒来，发现身边睡着一位美丽的公主。

开始时，王子有些慌乱，但渐渐平静下来。

他突然想起自己刚刚在梦中娶了一位美丽的妻子，现在变成了现实。

王子没有唤醒公主，只是将她的宝石戒指摘下来，戴在自己的无名指上。

王子看看公主，又看看手上的戒指，感觉这件事儿非常神奇，又那么不可思议，但如果这是上天的旨意，又何尝不是一件好事儿。

这样一想，他反倒觉得自己因祸得福，露出了笑容。

"待明早向父亲表明心意后，再名正言顺与她成婚。"王子想，然后又进入了梦乡。

王子睡着后，公主醒了，见身边熟睡的王子，先是一惊，但当她看清王子英俊的容貌后，一见钟情，决定嫁给这个王子。

她想把自己的戒指送给王子，以此为证。

就在她低头要摘戒指时，才发现戒指不见了。她四下寻找，见戒指竟戴在王子的手上。

"看来这真是天意啊！"公主微微一笑。

作为交换，她摘下王子的戒指，戴在自己手上，然后在他身边睡着了。

第二天清晨，魔女把公主送回了家。

王子醒来，不见公主踪影，就喊来侍卫。

"昨晚那位美丽的公主去哪儿了？"王子焦急地问。

"根本没有什么公主啊！"侍卫发誓说。

王子大怒，认为是父亲让侍卫捉弄自己，便把侍卫痛打

一顿。

　　侍卫急忙跑去向国王报告，国王听罢，便派大臣来炮楼探视。

　　见到大臣，王子仍吵着要见公主。大臣既摸不着头脑，又找不出人来，最终也被王子痛打一顿。

　　见不到公主，王子变得萎靡不振。国王认为儿子可能疯了，就亲自来到炮楼。

　　王子向父亲讲述了事情经过。国王听后很是惊讶，但当他看到王子手上的戒指后，认定儿子讲的是实情。

　　"你安心养病，我一定想尽一切办法，为你找到公主！"国王承诺道。

　　公主清晨醒来后，想起了昨晚发生的事儿。

　　"王子去哪儿了？"公主问宫女。

　　"哪有什么王子啊？"宫女回答道。

　　公主十分生气，痛打了宫女。

　　国王认为女儿疯了，便命人给她戴上镣铐，囚禁起来。

接着，国王在全国广招名医，为公主治病。

医生们用尽各种良方，可公主却没有一点儿起色。

一气之下，国王重重地责罚了这些医生。

公主的病，成了全国的大事儿。

公主奶娘的儿子买尔祖旺，自幼与公主一起长大，两人情同兄妹。

买尔祖旺始终认为公主没病，便偷偷与公主见了面。公主十分感动，向他诉说了自己的经历。

买尔祖旺下定决心，要为公主找到恋人。

经过艰苦跋涉，买尔祖旺来到了王子的王国。听说王子发疯的消息，他觉得可能与公主的心病有关系，便决定去城里打探清楚。

到城里的路很远，买尔祖旺倒是不怕辛苦，但时间越长，变数越多。他必须尽快找到王子，于是决定走水路。

没想到在海上遇到了风暴，买尔祖旺的船被打沉了。他在海里拼命挣扎，后来竟漂到了王子养病的海滨。

一位仆人在海边经过时，救下了买尔祖旺。

在仆人们的闲聊中，买尔祖旺得知王子的经历，竟然和公主说的一模一样。

"谢天谢地，终于找到了！"买尔祖旺暗喜。

第二天，仆人带着买尔祖旺去见王子。

"这两个人怎么会如此相像！"见到躺在床上的王子，买尔祖旺脱口而出。

听到他的话，王子微微睁开双眼。买尔祖旺趁机吟诵了一首诗，诗中暗示自己了解王子的心病，同样也有一位公主在为他而忧伤。

听完这首诗，王子体内仿佛注入一股活力，立刻恢复了精神。买尔祖旺悄悄把公主的近况告诉王子，并让他放心。

王子的心病解除了，身体很快康复，但这一切都瞒着国王。

一天，王子提出要去打猎。听到这一消息，国王认为儿子的病有所好转，十分高兴，便答应了。

买尔祖旺带着王子，马不停蹄地赶往自己的王国。

王子装扮成医生，来到公主的宫殿门口。

"我能治好公主的病，请让我进去！"王子高喊道。

侍卫好心相劝，让他仔细掂量后果再说，不要不加思考就去给公主治病。

王子不予理会，仍然坚持。侍卫立即将此事报告给了国王。

国王带着王子来到公主的房门前。

"我给公主治病，有两种方法，一种是站在这里治病，另一种是进屋治病。"王子对国王说。

"如果在屋外就能把病治好，会显得你更加高明。"国王说。

"这是你的戒指，现在还给你，希望你也把我的戒指还给我。"王子在纸条上写道，然后用纸条把戒指包好，让仆人拿给屋里的公主。

见到戒指和纸条，公主激动地流下眼泪，病竟然立马好了。她明白这是她朝思暮想的恋人来了，便立刻跑到门口。

"这不是在做梦吧，我们终于重逢了！"公主对王子说。

见到王子用戒指和纸条治好了女儿的病，国王十分惊讶，但又很开心，把女儿抱在怀里。

王子趁热打铁，希望国王能将公主嫁给他。

国王立即应允，为公主和王子举行了盛大的婚礼。

一天，王子梦见了父亲。

"你这个不孝子，怎么能弃我而去呢？"梦中父亲责备道。

梦醒后，王子很是不安，将梦中的情景告诉了公主。见王子闷闷不乐，公主决定陪着王子回国。

他们准备妥当，开始长途跋涉。

一天，他们在河边休息，由于路上颠簸劳累，公主躺在地上睡着了。

王子注视着公主，见她胸前戴着一块红宝石，便摘下来仔细观看。

不料，空中突然扑来一只大鸟，一下子夺走了王子手中的红宝石，逃向远处。

王子奋力追赶大鸟。大鸟好像有意逗他，看他落得远了，就停在树梢上歇息，等他刚追上，又向前飞去。

就这样追过一个又一个山冈，大鸟还是飞走了，可王子却迷路了。

王子沮丧地在街头穿行，来到一座园林，遇见了一个园丁。

园丁告诉王子，从这里到达他的王国，只能走水路。船每年航行一次，要经过一个叫艾补努斯的王国，然后才能到达王子的王国。

距离下次开航，还有很长时间，王子只好耐心等待。好心的园丁收留了他，还教他栽种、除草和灌溉等技术。

公主醒来后发现丈夫不见了，急得直哭，又发现自己的红宝石也不见了。

"王子的失踪一定与红宝石有关系。"公主想。

公主找出王子的衣服，乔装打扮成一个男人，继续赶路。

一天，她来到艾补努斯王国。

公主利用王子的身份，拜访了国王。得知是邻国的王子前来，国王十分热情。

国王没有儿子，只有一个女儿，名叫哈雅图。哈雅图长得美丽动人，可是至今还没有意中人。

国王把所谓的"王子"迎接进宫后，顿时产生一个想法：莫不如将女儿许配给他。

三天后，国王向公主表达了这个心愿。

公主十分为难，但为了保全自己，勉强答应了国王的要求。

令公主没想到的是，国王竟然把王位传给了她，而且王宫上下没一个人怀疑她的身份。

几天后，在老国王的主持下，为二人举办了结婚庆典。

公主强作欢笑，象征性地吻了哈雅图的额头，随后借口去做祷告，便离开了房间。

等公主回来时，哈雅图已经入睡。

第二天，公主早早起床处理朝政。为了避免身份露馅，公主天天早出晚归。

见哈雅图闷闷不乐，公主心里很过意不去，这也让她更加思念王子。

一天傍晚，公主正要去做祷告，哈雅图拉住了她的胳膊。

"你为什么每天早出晚归，对我不理不睬。"哈雅图委屈地问道。

公主无言以对，犹豫过后，将自己的真实身份和盘托出。

听完公主的讲述，哈雅图十分震惊，简直无法相信她会有这样痛苦的经历。

让公主出乎意料的是，哈雅图非常同情她，不但没有将实情告诉父亲，还继续帮她保密。

每晚睡不着时，王子就特别思念公主。园丁经常安慰他，说等到船来了，回家就有希望了。

一天，王子看到有两只鸟在树枝上打架，一只小鸟被啄死后，跌落在草地上，另一只鸟飞走了。

不一会儿，飞来两只大鸟，一边帮死鸟梳理羽毛，一边悲伤地低声鸣叫。

两只大鸟用爪子刨了一个坑，把死鸟埋好，然后飞走了。

不一会儿，两只大鸟又飞回来了。它们把那只咬死自己孩子的鸟抓回来了，并将它啄死，扔在埋藏自己孩子的地方。

王子惊讶地看着一切，感到不可思议。鸟都会报仇，可妻子丢了，自己却无能为力。

突然，他发现有一个闪光的东西，便好奇地走过去查看，原来是鸟的嗉子里发出的光。

让王子没想到的是，发光的竟是丢失的红宝石，当初正是这只鸟夺走了红宝石。

王子十分惊讶，将红宝石藏在怀里。

第二天，他照常在园子里劳动。突然，他的镐头刨到一个木盖，这个木盖很大，有一米见方。

他掀开木盖，发现下面有台阶，便好奇地顺着台阶往下走。

原来，这是一个古老的藏金窖。

"我的好运终于来了，若能马上找到公主就再好不过了！"望着从天而降的财富，王子不禁感叹道。

园丁告诉王子，去往艾补努斯的船，三天后就要出发啦！听到这个消息，王子高兴得手舞足蹈，也把发现财宝的事情告诉了园丁。

见到满满一窖金子，园丁一点儿都没眼红，说什么都不要，可王子坚持一定要两人平分。

园丁让王子装扮成商人，将金子分装到五十个皮囊内，再往里面放一层橄榄。王子将那块红宝石也装进皮囊中，准备装运上船。

船要起航时，园丁却突然病故了。

王子不忍心抛下他，说什么都要把园丁安葬完再走。

可一切处理完，当王子跑到码头时，船早已开走了，那些金子已经装上船，被运走了。

王子懊恼不已，冷静下来后，他决定继承园丁的事业。

他把园丁的金子也装进五十个皮囊中，里面盖上一层橄榄。

王子一有空就去打听船的消息，盼望着船早日归来。

在艾补努斯城里，公主每天心事重重。

善良的哈雅图非常理解公主，处处照顾她的生活，尽量陪她说些开心的事儿。

一天，公主无意中望向海面，看到有一艘商船驶进港湾。她有一种预感，这艘船肯定与她有某种联系。

于是，公主亲自带领士兵到码头查看。

听船长说随船运来了一批橄榄，公主便想尝一尝。

"这些橄榄我全要了！"公主说。

就在她要付钱时，船长告诉公主，贩运橄榄的商人没赶上这班船。

公主命人将橄榄全部搬下船。夜里，她将一袋橄榄打开，准备与哈雅图分享，可是却意外发现，除了一少部分橄榄外，其余全是金灿灿的金子。

公主立即命人打开全部皮囊，结果在金子堆中还看见了她丢失的红宝石。

见到心爱的红宝石，公主大叫一声，晕了过去。

醒来后，公主猜想，这块红宝石可能就是她和王子失散的原因。

她立刻叫来船长，仔细询问贩卖橄榄的商人的情况，然后派船长火速去接商人。

一天深夜，船长带人闯进王子的园子，将王子团团围

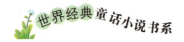

住，把他带上了船。

商船抵达艾补努斯后，王子被押送到宫中。

公主一眼就认出了王子，但她尽力控制自己的情绪。

王子哪里会想到，那宝座上的国王，就是自己朝思暮想的公主！

公主让王子在宫中任职，并封了他爵位，一次次提拔他，直到让他掌握财政大权。公主寻找一切理由接近王子，与他共商国是，这引起了很多大臣的不满。

王子十分不安，向公主表达了自己的顾虑，并请求恩准他辞职还乡。

到了这个时候，公主无法再隐瞒下去，她不能再次忍受分离之苦，终于说出了真相，并卸下王冠。

王子认出了公主，眼泪像决堤的洪水，顺着脸庞流淌。两人互诉离别之苦，决定向老国王说出真相。

听完他们的经历，老国王惊讶得说不出话来。

随后，老国王请求王子与哈雅图结婚，但并不改变公主

作为第一夫人的地位。王子征求了公主的意见,然后答应了老国王的请求。

王子决定先带着公主回到自己的国家看望父亲,再回来娶哈雅图。

一个月后,王子和公主回到了艾补努斯。老国王为王子与哈雅图举行婚礼,还同时宣布让王子接替国王的位置。

后来,王子与两位美丽的妻子,开始了幸福美满的生活。

他们的传奇故事,在这个国度里传为佳话。

努伦丁和玛丽娅

古埃及有一位大臣，颇具领导才能，他大搞农业，使国家由穷变富。

大臣的两个儿子都在王宫里做官：老大叫尚谟士丁；老二叫努伦丁。哥儿俩都铁面无私，断案如神。

至今，当地还流传着尚谟士丁断奇案的故事。

一天，尚谟士丁和努伦丁聚到一起，哥儿俩约定：不管是谁生了男孩，而对方生女孩的话，就让这两个孩子结为夫妻。可谈及彩礼一事时，兄弟俩发生了争吵。

"将来你有女孩，我只给你一万金币。我有了女儿，你就得给我一万五千金币。"尚谟士丁说。

"为什么？这不公平。"努伦丁问道。

"因为我是大哥！"尚谟士丁回答说。

最终，两人不欢而散。

努伦丁回到家里，越想越不是滋味。他觉得尚谟士丁这么贪心，早晚会触犯法律，受到惩罚，将来若与他结为亲家，自然会受到牵连。

努伦丁认为现在远离尚谟士丁，也就能够躲过灾祸，于是，他悄悄地溜出宫门，逃往巴士拉。

十天后，努伦丁终于来到了巴士拉，内心才平静下来。

初来乍到，人地两生，努伦丁为生活发愁了。

于是，他到人力车行去拉车，生活有了保障。半年后，努伦丁到一个农场主家去当更夫。从此，一切安定了。

一年后，巴士拉国内发生叛乱，王宫中立即组织军队前往平叛。

这天，努伦丁刚一上街，就被招兵到前线去了。在战斗中，努伦丁冲锋在前，英勇杀敌，建立奇功，名气也越来越大了。

叛乱被平息以后，努伦丁受到了国王的奖赏，并且做了大官。

后来，一位大臣招努伦丁做了女婿。婚后一年，妻子生下一个男孩，取名为"白迪伦丁"。

凑巧的是，在这一天，尚谟士丁的妻子也生下了一个漂亮的女儿，取名为"赛玉黛"。

这时，尚谟士丁更加思念努伦丁了。想当年，努伦丁一气之下离家出走，尚谟士丁多次派人寻找，可是却没有他的下落。

努伦丁深得国王赏识，连升三级。

努伦丁一心一意地勤政为民，积劳成疾，得了不治之症，不久将辞于人世。

这天，努伦丁把自己的身世告诉了儿子白迪伦丁。当时，白迪伦丁只有十五岁。随即，努伦丁写下了身份证明。

"当年我和你伯父有个约定，现在你说什么都不能结婚。等将来你回到埃及，如果你伯父的孩子是女儿的话，你就与她结婚吧！"努伦丁说完，慢慢闭上了双眼。

白迪伦丁继承了父亲的官职，但由于沉浸在失去父亲的痛苦中，根本无心料理朝政。这样一来，王宫上下一片混乱，抢劫、杀人等案件不断发生，白迪伦丁负有重大责任。

国王大怒，罢免了白迪伦丁，并准备将他逮捕入狱。白迪伦丁得到这一消息后，连夜逃出了都城。

白迪伦丁在伸手不见五指的黑夜里，深一脚浅一脚地走着，将近半夜时，他饥渴难忍，非常困乏，居然倒在父亲的坟边睡着了。

睡梦中，白迪伦丁见到了父亲。他要开口说话，却怎么也说不出来。

恰巧，一位仙女经过，发现了白迪伦丁，便停下脚步观察起来。谁知，还没等她看上几眼，一位魔鬼赶到近前。

"你在干什么？"魔鬼问道。

"我在看他，怎么了？"仙女听了，连忙说道。

"哎呀，这不是白迪伦丁吗？今天，他的女友赛玉黛结婚。由于国王看中了赛玉黛，不料被尚谟士丁回绝。国王十分生气，就下令让赛玉黛嫁给那个驼背的马夫。我看咱们还是行行好，成全赛玉黛和白迪伦丁吧？"魔鬼提议道。

"行。"仙女听后点了点头。

于是，仙女和魔鬼架着白迪伦丁的两条胳膊升到空中，眨眼间来到了埃及。

魔鬼把白迪伦丁带进宫中，精心打扮了一番，又把他送到迎亲队伍里。这时，白迪伦丁好比鹤立鸡群，立刻吸引了人们的目光。赛玉黛立刻喜欢上了白迪伦丁，将他的音容笑貌牢记心中。

洞房花烛夜之初，魔鬼使用魔法将驼背马夫锁在厕所里面，而白迪伦丁却走进了洞房。

黎明时分，仙女和魔鬼又架起熟睡的白迪伦丁，把他带到了大马士革。

赛玉黛醒来后，发现白迪伦丁不见了，十分焦急。

厕所里的驼背马夫出来后，立即向国王报告了昨夜的经历。国王听了十分害怕，赶紧下令废除了赛玉黛和驼背马夫的婚姻，还他们自由。

与此同时，尚谟士丁得知事情经过，马上来到洞房里察看，竟然发现了白迪伦丁毡帽，并在其中发现了那份身份证明。他看罢，立刻认出了弟弟那熟悉的字迹，而且猜出"新郎"正是自己的侄子白迪伦丁，高兴得不得了。

赛玉黛怀孕了，十个月后，生下一个白白胖胖的小男孩，取名叫"尔基补"。

光阴似箭，一晃七年过去了。

尔基补上学了，在填表时，需要填写父亲的名字。

"母亲，你快告诉我，我父亲叫什么名字，现在在哪儿?"尔基补问道。

赛玉黛听了，心里难受极了，过了一会儿，她才把埋藏在内心的秘密，如实讲了出来。

说完，赛玉黛痛苦地流下了眼泪，尔基补也大声哭泣起来。

这时，尚谟士丁决定出去寻找白迪伦丁，让他们父子团圆。

第二天清晨，尚谟士丁带领尔基补和仆人出发了。他们过大河，穿荒漠，爬高山……一路走来，非常艰辛。

一个月后，尚谟士丁一行人来到大马士革。

晚饭后，尔基补和仆人走出旅馆，沿着大街慢慢地向前走着……他们经过一家饭店门前，年轻的老板笑脸相迎。

"客人好，到我这小店里喝杯茶，怎么样？"老板说道。

"那好吧！"尔基补听罢，点头道。

其实，这位老板就是白迪伦丁。当年，他被一位饭店老板收为义子，义父去世后，白迪伦丁就独自经营小店。

尔基补和仆人走进店里后，白迪伦丁仿佛遇见久别的亲人，格外热情。此刻，白迪伦丁觉得尔基补与自己相貌非常相似，不禁让他回想起往事。

尚谟士丁、尔基补和仆人在大马士革停留三天之后，继续前行。历尽千辛万苦，他们终于赶到了巴士拉。

一切安顿好了之后，尚谟士丁来到宫中求见国王。他首先向国王讲述了努伦丁的身世，然后表达了自己对弟弟的深切思念之情。

"努伦丁已经去世了，而他的儿子白迪伦丁也已经失踪多年了。不过，努伦丁夫人还在，你可以去看看她！"国王说。

"那好呀，我这就去。"尚谟士丁高兴地说。

当年，白迪伦丁失踪后，努伦丁夫人整天茶饭不思，度日如年。现如今，她突然见到了尚谟士丁和自己的孙子，真是又喜又悲，使劲儿抱着尔基补，放声大哭起来……

没能找到白迪伦丁，尚谟士丁一行人带着努伦丁夫人一起返回埃及。来到大马士革时，天色已近黄昏，他们只得在一家旅店住下来。

晚上，尔基补睡不着觉，就又来到了白迪伦丁的小店。

白迪伦丁为尔基补做了一碗石榴子，两人边吃边聊，十分投缘。

尔基补在白迪伦丁的小店吃过饭，回到旅店，再吃祖母做的石榴子，感到寡淡无味了。

努伦丁夫人十分生气，把尔基补到饭店吃石榴子的事情告诉了尚谟士丁。

"我去饭店怎么了？人家做得就是比祖母做得好吃。"尔基补很不服气。

努伦丁夫人听了，摇头苦笑，因为她根本不相信还有比她手艺高的人。于是，努伦丁夫人拿出半个金币，让仆人买了一碗石榴子回来。

努伦丁夫人吃完买回来的石榴子之后，竟然晕过去了。

人们见此情形，七手八脚地把努伦丁夫人抬到床上。努伦丁夫人清醒过来之后，这才平静下来。

"你们不要害怕，我根本没有病。我是乐晕了，我找到你父亲了。"努伦丁夫人抬头看着尔基补，高兴地说。

"你快告诉我，他在哪里？"尔基补惊喜地问道。

"你还不知道，我现在吃的石榴子，就是你父亲做的。"努伦丁夫人不由得笑了起来。

"咱们去找他吧！"尔基补焦急地说。

"不行，还不是时候。只有把白迪伦丁带回埃及去，你们父子才能相认。现在一切听从我的安排。"尚谟士丁听

后，回答说。

第二天，尚谟士丁来到大马士革求见了市长。

"白迪伦丁涉及一桩走私案件，在逃十余年。今天，我要把这名嫌疑犯引渡回国，还请市长先生多多帮忙呀！"尚谟士丁说。

"没问题，我一定尽力而为！"市长听了，微微一笑。

尚谟士丁向市长讲述了如何押送白迪伦丁的想法，得到了市长的肯定。

接下来，市长派了几个侍卫闯入白迪伦丁的小店，不由分说就将白迪伦丁绑了起来。

随即，尚谟士丁命令仆人将白迪伦丁装入木箱里，上路了。

尚谟士丁一行人艰难行走一个多月，终于回到了埃及。

"你的案子很严重，牵扯到了很多人，关押、审判都得秘密进行。现在，还是再委屈你一下！"尚谟士丁告诉白迪伦丁。

"大人，我冤枉!"白迪伦丁赶紧申辩道。

尚谟士丁不由分说，不耐烦地一挥手，仆人又把白迪伦丁装入木箱里。

接下来，尚谟士丁回到家中，告诉赛玉黛把闺房布置成洞房，并把白迪伦丁的衣服放在床上，等待白迪伦丁归来。赛玉黛一一照办。

尚谟士丁命令仆人把木箱抬进屋来之后，又把白迪伦丁放到了床上。

这时，尚谟士丁慢步走进屋里。

"我遵纪守法，您应该放了我才对呀!"白迪伦丁说。

还不等尚谟士丁回答，尔基补又走了进来。

"这是怎么回事？你们好像商量好了似的，共同来算计我?"白迪伦丁十分疑惑。

见此情形，尚谟士丁含着眼泪向白迪伦丁道出了事情的真相。

至此，白迪伦丁与妻儿得以团圆，从此过上了幸福的生活。

苦儿流浪记

　　我是个捡来的孩子，从小到大，我却有着和其他孩子一样的幸福童年。

　　我哭鼻子时，妈妈会温柔地把我搂在怀里，抚摸我的头，让我不要伤心。

　　寒冷的冬天来了，玻璃上结满窗花，妈妈就把我的小脚丫捏在手里捂着，还哼着歌。

　　我在荒山野岭放牧遇到雷雨时，妈妈总会跑来接我，撩起她的羊毛裙子，把我的头和肩膀藏在里面，为我挡雨。

　　妈妈说话的方式，看我的眼神，对我的爱抚，都让我觉

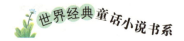

得她就是我的亲生母亲。

可她却是我的养母！

我生活的地方叫夏凡侬，是一个贫穷的村庄。

从我记事儿开始，就从未见过爸爸。妈妈说爸爸是个泥瓦匠，在巴黎打工。

爸爸有时会让同村的工友捎个口信儿——巴伯兰大嫂，您丈夫身体挺好，工作还顺当。他还给您带了点儿钱……

尽管只有这点儿消息，但妈妈却十分高兴。

日子一天天过去，可变故却突然来了。

一天，一个身上沾满污泥的人敲开房门。

"巴伯兰大嫂，您丈夫受伤了，现在住在医院。"他慌张地说。

原来是脚手架倒塌，把爸爸压在了下面。因为有人说爸爸不应该站在出事地点，所以包工头拒绝支付任何医药费。

几天后爸爸又来信儿了，说让妈妈张罗一笔钱看病，还要和包工头打官司。如果家里的钱不够，就把奶牛卖了。

从能找到家门开始，我就当了牧童。我和奶牛是很好的伙伴，我喜欢它，它也喜欢我。

妈妈从集市上找来了牛贩子。他仔细地打量着奶牛，东摸摸，西捏捏，好像很不满意。

"这牛不行，一看就是穷人家养的牛，没什么奶，我是看你家出了事，出于好心，才想帮帮你这位大嫂。奶牛我可以要，但价钱嘛……"牛贩子对妈妈说。

可怜的奶牛仿佛已经明白了一切，哞哞地叫着，不肯走出牛棚。

"走，乖乖，走呀。"妈妈牵着牛，轻轻地说。

它不再反抗，乖乖地走出了家门。我们回屋很久，它低沉的叫声还回响在我的耳边。

卖掉奶牛的几天后就是狂欢节，妈妈一边和面，一边把核桃仁大的黄油放进平底锅。突然，院子里响起了木棍敲击门槛的声音。

一个身穿白色工作服的男人走进来，手里拿着一根粗木棍。

"是你呀，热罗姆。这是你爸爸。"妈妈惊叫一声，把锅放在地上，然后一把抓住我的胳膊，把我推到那个男人面前。

"你是谁?"男人问。

"哦，对了，他是小雷米!"妈妈解释着。

"快去睡觉吧，不然我会发火的。"爸爸显然是想让我离开。

妈妈给我递了个眼色，我赶紧回到屋里脱下衣服。

"他不是你的孩子。奶牛卖了，我们自己都没得吃，不能再养活一个别人的孩子啊!要是他父母来要人，看你怎么交代?"我听见爸爸激动地说着。

我的脑袋像炸开了一样!妈妈走到我的床边，我再也忍不住了，抱住妈妈大哭起来。

"你还没睡，他的话你全听见了?"妈妈紧紧地抱着我说。

"嗯，你不是我妈妈，他也不是我爸爸。"我说。

"是的，雷米，我应该告诉你了，你是从巴黎捡回来的。他不是坏人，只是太穷了，心情又不好，所以才会这样。以后我们干活儿，你也干活儿。"妈妈说。

"行，只要能和妈妈在一起，干什么活儿都行。"我哭着说。

我浑身战栗地躺在那儿，却仿佛看见爸爸正举着木棍用冷酷的目光看着我。

第二天中午，趁妈妈不在，爸爸把我带到了一个咖啡馆里。

"您所谓的累赘就是这个孩子?"一个白胡子老头儿突然伸出右手指指我问道。

"对，是他。"爸爸说。

"把他交给我吧，我是维泰利斯，我要让他成为我杂耍班里的一个角色。"老头儿说。

我突然明白了一切!维泰利斯给了爸爸一些钱，然后抓住我的手腕，要把我带走，他的三只狗也立即围上来。

"妈妈，妈妈，我还没和您告别呢！"我声嘶力竭地呼唤着妈妈。

我们翻过了山头，我的家消失在远方。

事实上，维泰利斯师傅并不是坏人。

师傅还有只猴子叫心里美，那三只狗是卡比、泽比诺和道勒斯。我们开始在荒野中前行。

"孩子，我会给你买一双皮鞋，一条丝绒短裤，一件上衣，一顶帽子。这样你就不会再哭了吧？"师傅微笑着对我说。

这句话鼓舞了我。巴伯兰妈妈如果知道，一定会为我高兴的。我暂时忘却了悲伤。

傍晚，下起了绵绵细雨，雨点冰冷，我的两条腿已经站不住了。幸好到了一个村子，一个农民为我们打开了谷仓的门。

维泰利斯师傅从口袋里拿出面包分给我们吃，还给了我一件衬衫。

第二天，我们终于赶到城里。师傅真的给我买了皮鞋、蓝色丝绒上衣、毛料裤子和毡帽。

"明天是赶集的日子，我们要举行盛大的演出，你将首次登场。"维泰利斯师傅对我说。

我们穿过大街，卡比跟在维泰利斯后面，心里美骑在它的背上，泽比诺和道勒斯并排前进。

比我们隆重的仪仗队更吸引人的是那支短笛。笛声传进家家户户，唤起市民们的好奇心。

一会儿工夫，舞台已经搭好，是用一根绳子围在四棵树上，我们站在长方形的空地中央。

我们表演的节目是《心里美先生的仆人》。一位在印度战争中升官发财的英国将军心里美，叼着雪茄烟，来回踱着方步。我扮演仆人呆呆地站在那儿。心里美在我周围转来转去，轻蔑地耸着肩。

它神态滑稽，逗得观众哈哈大笑。紧接着，将军发怒了，坐在椅子上把我的午餐吃了个精光，并用牙签剔着牙。

我们的演出赢得了热烈的掌声。卡比的碗里也装满了金币。

尽管我从头到尾都在扮演傻子，但却成了一名出类拔萃的滑稽演员。

我渐渐了解了杂耍班，在一个城市只能演出三四场，然后就得去另外一个城市。

闲暇时，师傅就教我读书。他用小刀从木板上削下薄薄

58

的一片磨光，然后分割成十二等份。

"每天在小方块上刻一个字母，等你学会了字母，就把它们一个个拼起来组成单词，这样，你就能读书了。"师傅说。

除了赶路，我一门心思学习，终于可以慢慢地读书了。师傅又为我制作了乐谱，我也会按乐谱唱歌了。

一天，我们来到了一个大村庄。

"在这个地方，出了一位伟人，名叫谬腊，他以前是个马夫，后来成了国王，后人就用他的名字命名了这个村庄。我认识他，过去常和他聊天。"晚上睡觉前，师傅对我说。

"那时他还是马夫吗?"我脱口而出。

"不，那时他已经当上了国王，我们是在王宫认识的!"师傅笑着说。

"您结交过国王，快给我讲讲谬腊国王的故事吧!"我激动地说。

　　我很好奇师傅年轻时是个什么样，又为何变成了现在这个样子。

　　我们来到了图卢兹市，但却遇到了麻烦。这里的警察可能不喜欢狗，当我们场子已经被围得水泄不通时，警察却要我们立刻离开。

　　"哪一条法律规定，我们不能在这儿演出。"师傅争辩着说。

　　这时，心里美站到警察身后，时而做个鬼脸，时而学警察将胳膊交叉在胸前，时而又将手叉在腰间，昂头挺胸，惹得周围人阵阵发笑。

　　警察气急了，一个耳光打在我的脸上。

　　"不许你打孩子，你的行为真卑鄙！"师傅激动地说。

　　"少废话，我要逮捕你，跟我走！"警察叫喊着。

　　当我再见到师傅时，他已被宣判。

　　"被告人维泰利斯，因犯有辱骂和妨碍警察罪，判处徒刑两个月，罚金一百法郎。"审判长庄严地宣布。

在得知师傅被判刑后，旅店老板就把我们赶了出来。

我理所当然地成了杂耍班的头儿。我认为应该告诉它们我们所面临的困境。

我们并没有走出多远。我把竖琴斜靠在路旁的一棵树上，坐在草地上。三条狗坐在我对面。心里美不知疲倦，站在旁边。

分面包并不是件容易的事儿。我尽量把面包分成同样大小的五份。它们依次领取，很有秩序。

走了一天，还是没有演出的机会。我们来到运河边休息。作为新班主，我有义务解决饥饿的问题。

我拿起竖琴，背对运河，开始演奏一支欢快的华尔兹舞曲，试图能让我的伙伴忘记晚餐。

音乐产生了效果，伙伴们欢快地表演起来。

突然，我听到一个孩子的叫好声。声音是从运河里的一艘船上传来的。我急忙回头一看，船边站着一位神态优雅的年轻夫人，还有一个年龄和我相仿躺着的男孩儿。

我举了举帽子，向为我叫好的人致敬。

"你今后就和我们一起住吧，我儿子很喜欢你。你的狗和猴子就为我们表演节目。这样，你们也就不用再流浪了。"年轻夫人对我说。

无家可归的我们欣喜若狂，接受了她的建议。

躺着的男孩叫阿瑟，他的妈妈米利根夫人是个寡妇，她还有个孩子，但离奇地失踪了。

这艘"天鹅湖"号游船，被改装成了一所活动房子。阿瑟因为有病无法站立，一直由妈妈陪着，躺在客厅或游廊里。

阿瑟每天都在妈妈的督促下学习。我有师傅教我学习的经历，所以也给了阿瑟很大帮助。

我们有空就给阿瑟表演节目，他成了我最好的朋友。这段时间我过得很快乐。

船上的日子过得真快，师傅就要出来了。这就意味着我将离开这艘船，离开米利根夫人和好朋友阿瑟。我多么希

望能在他们身边生活，难道我爱这些人，并被这些人所爱，就是为了再和他们分别吗？

但要留下来，必须要征求师傅的意见。

在米利根夫人的帮助下，我们终于见到了师傅。师傅坚持要把我带走，夫人无能为力。

"阿瑟，我永远爱你！夫人，我永远忘不掉您！"我呜咽着，米利根夫人吻了我的额头。

"雷米，雷米！"阿瑟大声喊着我。

就这样，我告别了我最好的朋友。

夜晚，我们来到一块林间空地，这里有一个用树枝搭成的窝棚。我们欢天喜地地生起了火，暖暖地睡着了。

突然，一阵狂吠把我从睡梦中惊醒。

卡比的叫声显得惊慌失措，泽比诺和道勒斯不见了。

师傅大声呼唤着它们的名字，可夜晚依然是那么宁静。我和师傅举着火把查看雪地上的踪迹，只看到断断续续的血迹。

可怜的泽比诺！可怜的道勒斯！

由于寒冷和惊吓，心里美病倒了，它紧紧贴在我的身上，一动不动。

我们来到市内，师傅为心里美找来了医生。

师傅说我们要付清欠下的全部费用，但剩余的钱根本不够。

摆脱困境的唯一办法，就是晚上举行"大型演出"。

在我看来，缺少了泽比诺、道勒斯和心里美，演出根本就无法进行。但在困难面前，我们应该坚定信心，要不惜一切代价治好心里美，挽救它的生命，还要还清看医生、买药、租房子的欠账。

师傅找到演出的地方，又写了几张海报贴出去。

开场前的笛声响起，心里美抬起身子，看着它的英国将军服跃跃欲试。当知道不让它上场后，它竟然生气地哭了起来。

我和卡比的节目结束了，可它叼着的碗还有很大一截没

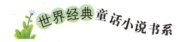

满。

"我来为大家唱几首歌。"师傅突然说道。

我不知道他唱得好坏，但他唱歌的方式打动了我，让我哭成了泪人。

"听了您的演唱，我十分感动。"一位贵妇人对师傅说道，然后给了卡比一个金币。

我们终于凑足了钱，回到旅店。房间里异常安静，心里美周身冰凉，已经死了。

我和师傅身无分文，彻底流落街头了。

"我记得城边有个采石厂，在那儿准能找到暖和的地方。"师傅说。

于是我们穿街过巷，一刻不停地走着。我发现师傅的手滚烫滚烫的，并感觉他在发抖。

"您病了吗?"我关切地问。

"不知道，只是感觉这些天太累了。"师傅抱怨着。

在这个沉寂的夜晚，我们顶着寒风，艰难地迈着每一步。

66

忽然，我们看见一点儿光亮，便朝亮光方向走去。

师傅累垮了，这次比以往任何一次都严重。

街上没有一个行人，到处都是死一般沉寂。

师傅走不动了，我们只好停下来歇息。我和师傅靠在一起，卡比赖在我的怀里睡着了。

我害怕起来，连我自己也不明白究竟。一种模糊的恐惧掺杂着哀伤，让我双眼充满泪水。

我想起曾经生活过的夏凡侬村庄，还有可怜的巴伯兰妈妈。千奇百怪的幻觉充斥我的脑海。

我的思绪又飞向"天鹅湖"号游船，阿瑟躺在床上，米利根夫人站在他旁边。我仿佛看见泽比诺、道勒斯，还有心里美，它们围在我身旁。

我醒来时，睡在床上，一个男人和几个孩子站在床前。一个五六岁大的女孩儿吃惊地看着我，她的眼睛好像会说话一样。

"维泰利斯呢，卡比在哪儿？"我问道。

那个男人和我说了昨晚的事儿，原来我们蜷缩在一个种花人家的门洞口里。深夜两点左右，花农开门去市场，发现了我们。他喊我们起来，却只有卡比汪汪地叫，维泰利斯已经冻死了，幸亏卡比睡在我的怀里，使我胸口有一点儿热气，侥幸活了下来。

尽管我的躯体和精神已经麻木，但仍可以清醒地理解他刚才说的话——维泰利斯死了！

我只能接受这个现实，但我动不了，只好在这个好心的花农家里休养。

那个五六岁的孩子叫丽丝，是个哑巴。她的眼睛是那样清澈，让我在绝望中找回了勇气。

我的体力恢复一些，卡比也回到了我身边。

花农问我以后的打算。师傅没了，我和卡比将继续流浪，要靠我的歌声和演奏，让卡比的碗里装满钱币。

"你希望有一个家吗？"花农问道。

我愣住了，不知怎么回答。

"当然，你需要劳动。如果你愿意留下来，将和我们一起生活，一起劳动，用汗水挣你那份面包。"花农说。

我简直不敢相信，我可以有一个家了。

后来从警察那里得知，师傅根本不叫维泰利斯，而是叫卡洛·巴尔扎尼。

四十年前，只要是意大利人，就知道他的名字，他是全意大利最杰出的歌唱家。可是有一天他的嗓子坏了，高傲

的性格使他不愿意损害自己的名声，就再也没有出现在公众面前。

这个长期使我困惑不解的谜，终于解开了。

可怜的卡洛·巴尔扎尼，亲爱的维泰利斯师傅！

我和卡比在花农家留了下来。我只有拼命地干活儿，才能报答这户善良的人家。几个孩子和花农与我相处得很融洽。

干活儿累了，我就会唱歌。每次唱完，总会发现丽丝的眼睛是湿润的。有时我也会和卡比表演一出滑稽剧，几个孩子都会开怀大笑。

就这样，我过了两年安逸的生活。

"孩子啊，你太幸运了，这种好景是不会长久的。"我心里好像一直有个声音在说。

我预感一场无法躲避的灾难就要来了。果然，我的预感是那样灵验，灾难如约而至。

为庆祝今年的好光景，全家人去花农的朋友家吃饭。天空突然乌云密布，暴风雨夹着冰雹，把花房的玻璃全打碎了，花只剩下碎片残骸。

花农紧紧抱着丽丝，哭了。

"我们必须还清租赁花房的债务，可是没有钱，只好变卖家里的所有东西。但这也不够，所以我将坐五年的牢。不能用钱偿还，那就只好用我的肉体、用我的自由来抵偿了。"面对突然的变故，花农做出决定。

我们几个孩子全都哭了起来。

"是的，这是件伤心的事儿！我坐牢的这段时间，你们可怎么办呢？现在只好让我姐姐来处理了。"花农无可奈何地说。

花农被带走后，我们见到了卡德琳娜姑妈。姑妈在探视了花农后宣布，几个孩子将分别被送到愿意收留他们的叔叔、姑姑家。

而我和他们非亲非故，没人愿意收留我。

我只能拿上竖琴，和卡比再次流浪。

在走向新征程前，我决定去探望一下花农。

"雷米，你来看我了！"花农激动地说。

我告诉他我打算继续做个流浪艺人。

"你的神态举止告诉别人，你不是个穷小子，而应该是个绅士。"花农的话让我很温暖。

探望的时间很快就结束了，花农送给我一块银表，这可能是他唯一的财产了。

突然，我发现路边站着一个孩子，我一眼就认出来，他是我在巴黎时认识的朋友马西亚，他也认出了我。

现在的马西亚无家可归，他决定跟我和卡比一起流浪。

我们的第一站是夏凡侬的巴伯兰妈妈家。

我想给巴伯兰妈妈买一头奶牛，好让她过得更幸福些，马西亚也非常赞成我的想法。

我们一边赶路，一边演出，不到三个月竟然赚了一百二十八法郎。一头奶牛大约需要一百五十法郎，我的梦想就要实现了。

途中我们路过瓦尔斯城。当初，丽丝的哥哥亚历克西投奔了住在这里的叔叔，我们决定去看看亚历克西。我知道他的叔叔是一名矿工，便一路打听前往矿井。

我们终于找到了亚历克西，还有他的叔叔加斯巴尔。

晚上，我和亚历克西躺在床上，互相说着分别后发生的事情。他现在的工作是矿井里的推车工……

就在我们要离开瓦尔斯城时，亚历克西受伤了。没有亚历克西当助手，又找不到临时替工，加斯巴尔叔叔也被迫休假，这让他十分苦恼。

这么关键的时刻我不能走，我决定暂时替亚历克西去推车。

一天早上，我们正在矿井里干活儿，忽然听到可怕的隆隆声，有一群老鼠惊恐万分地从我的两腿间窜了过去。紧接着，瀑布般的大水便从井口向坑道里涌来。

"快逃啊！"队长老夫子大声喊道。

在老夫子的带领下，我们终于找到废井。按他的指示，每个人都在原地挖了一个小坑来固定自己，并形成一个平台，与水面保持一定距离。只要我们不掉下去，水就不会淹到我们这里。

突然，我们听到吊桶排水的声音，大家都感到有希望了。

我们靠随身携带的一点儿面包充饥，可是空气越来越少了。

漫长的营救一共进行了十四天，我们终于得救了！

我决定和马西亚带着卡比离开，就这样，我们又重新上路了。

马西亚的技艺远强于我，他总能让那些"贵宾们"慷慨解囊。

马西亚认为用一百五十法郎买的奶牛可能不够好，他想多挣点儿钱，买的奶牛越好，巴伯兰妈妈就会越高兴。我感激他如此为我着想。

一路上，我教马西亚读书识字，但在音乐方面，却无法解答他的问题。我意识到，应该给他找个真正的老师。

我们来到芒德，打听到当地有位叫艾思比纳苏的音乐大师，便带上小提琴和竖琴，前往他的住所。

马西亚音乐方面的问题，在艾思比纳苏先生这里都得到了答案。马西亚的技艺有了出人意料的提高，他的演出也越来越受欢迎，我们一下子攒到了二百一十四法郎。

为了能确有把握地挑选到一头好的奶牛，我们决定找兽医帮忙。兽医很痛快地答应了我们的请求。

第二天一大早，兽医就带我们来到牛市。

经过讨价还价，最终交易成功，我们牵着奶牛向夏凡侬进发。

我们终于到达了夏凡侬，把牛送给了巴伯兰妈妈。她非常高兴，为我们精心准备了晚饭，我和马西亚饱餐了一顿。

"好像你家里人在找你，那天有位先生来打听你的下落，说他们当初并不是故意抛弃你的。抱你来时你身上包着非常漂亮的襁褓，这些都说明你的父母是很富有的。"巴伯兰妈妈诉说着事情的经过。

第二天，我们告别了巴伯兰妈妈，来到巴黎打听我的身世。

我们打听到，前几天有人看到过"天鹅湖"号。虽然我们不知道被抛下多远，但我相信只要沿着塞纳河走，就一定能找到他们，我很想念米利根夫人和阿瑟。

一天下午，我们在街心演出，突然听见有人在用微弱的声音叫我。在一排篱笆旁，有一块白手绢在风中挥来挥去——是丽丝！

丽丝可以说话了，她竟然和米利根夫人在一起。原来，丽丝的姑姑家发生了变故，她有幸遇到米利根夫人，并被她收养。

我见到米利根夫人，向她讲述了我的身世。

第二天，我和马西亚来到丽丝的住处，米利根夫人和阿瑟也都在，这时，巴伯兰妈妈走了进来，怀里抱着一堆婴儿的衣服。

巴伯兰妈妈根据各种线索，帮我找到了亲生妈妈。原来，米利根夫人竟然是我的亲生妈妈，这么多年，她也一直在寻找我。

多年以来，我们一家人一直住在米利根庄园。巴伯兰妈妈也在这儿照看我的儿子。我的妻子正是丽丝，她在我妈妈米利根夫人的身边长大并接受教育，终于成长为一个文雅漂亮的姑娘。

阿瑟的病好了，成了一个英俊健壮的男子汉，擅长各种体育运动。马西亚成了著名的小提琴家。

我们开始筹备一个宴请故人的晚会。

亚历克西来了，花农和卡德琳娜姑妈也来了。

我和马西亚为大家演奏了一曲，老卡比出场了。它绕着大家走了一圈，得到了一笔可观的收入。

我们决定将这笔钱作为帮扶流浪小乐师的基金，让他们能够有躲避风雨的房屋。

从此，我们都过上了幸福的生活。

波丽安娜

波丽安娜·惠蒂埃是一个可爱的小女孩。妈妈很早以前就过世了，她和爸爸生活在一起。她的爸爸是个传教士，尽管他们的生活一直很穷苦，但波丽安娜总是很开心，觉得生活非常美好。可是，在她十一岁的时候，爸爸也离开她去了天国。爸爸死前将波丽安娜托付给了贝尔汀斯维尔镇上的波丽小姐。

波丽小姐是波丽安娜妈妈的妹妹，也就是波丽安娜的姨妈。波丽小姐独自继承了家里的一大笔财产和一栋很大很漂亮的房子。只是波丽小姐的脾气很古怪，总是很严肃地板着脸，不爱与人接触，习惯孤单生活。所以，当波丽小姐得知自己的外甥女要来时，并没有感到高兴。她只是告诉女仆南希收拾出一间小阁楼来给波丽安娜住。

波丽安娜如期到了小镇的车站，可是波丽小姐并没有亲自去接站，只是让南希和老用人汤姆的儿子提莫西去接小姑娘。

波丽安娜在车站见到了南希和提莫西，误认为南希就是波丽姨妈，非常开心，一路上说个不停。南希只好告诉她自己只是个女仆，波丽小姐并没有来。波丽安娜听了有些失望，但很快就高兴起来，因为这样她的身边不但有波丽姨妈，还有南希。听了波丽安娜的话，南希觉得这个小姑娘又开朗又活泼，真是惹人疼爱。

快到家时，波丽安娜看到姨妈的房子，发出了一声惊叫。她觉得这栋房子真是漂亮，还告诉南希，说她一直希望自己的房间里能有地毯和画。

虽然波丽姨妈很冷淡地接待了她，但小姑娘还是给了姨妈一个大大的拥抱。

波丽安娜和姨妈一起来到小阁楼，这个低矮的小房间里没有地毯，没有穿衣镜，也没有美丽的画。不过，她告诉南希自己还是很喜欢这里，因为这是属于她自己的房间。波丽安娜很快发现了窗外的美丽景色。在远处，有郁郁葱葱的树林、漂亮的房子和可爱的教堂尖顶，还有一条小河闪耀着粼光流过，她觉得那就是最美丽的画。

因为还没有窗纱，所以小阁楼一直关着窗，非常闷热。波丽安娜推开窗子，清新的空气扑面而来，她高兴极了。波丽安娜实在是太喜欢窗外的景色了，于是越过窗子爬到了最近的树枝上，还从树上跳到房子外。

波丽安娜在外面玩得太开心了，以至于忘记了姨妈告诉她六点吃晚饭的事。

波丽安娜没有准时回家吃晚饭，波丽小姐很生气，惩罚她晚饭只许和南希一起吃面包和牛奶。南希以为波丽安娜听到这个消息会难过，可她仍然很高兴。

波丽安娜告诉南希，爸爸曾教过她一个叫作"寻找快乐"的游戏。这个游戏就是要在所有事情中，找出能让人快乐的事。不过爸爸去世了，没有人再和波丽安娜一起玩这个游戏了。为了让小姑娘开心，南希决定和波丽安娜一起玩这个游戏。

晚上睡觉的时候，波丽安娜还是难过地哭了起来。她想爸爸了，也不怎么喜欢这个小阁楼，她只是努力地让自己看起来很快乐。

第二天早晨七点，波丽安娜起床了。她通过窗户看到姨妈正在花园里和老仆人汤姆说话，于是飞快地跑到花园跟姨妈打招呼，还和汤姆愉快地聊天。

吃早饭的时候，忽然有几只苍蝇飞到餐桌上，原来是从波丽安娜昨天打开的窗子飞进来的。看到苍蝇，波丽小姐很生气，命令波丽安娜在纱窗没有安上之前不许再开窗子。

吃过早饭，波丽小姐来到波丽安娜住的小阁楼，当看到她只有几件可怜的旧衣服时，决定为小姑娘做几件新衣服。波丽小姐还告诉波丽安娜，她必须去上学，要学会朗读、弹钢琴、缝纫和做饭。这些事情把波丽安娜的时间挤得满满的，使她没有时间"生活"了。在波丽安娜的眼中，生活就是做自己喜欢做的事情，而不仅仅是呼吸。

波丽小姐给小姑娘买了好几件新衣服。波丽安娜高兴极了，这是她第一次穿新衣服。

晚饭后，波丽安娜和老汤姆、南希一起愉快地聊天。老汤姆一直在这里做工，所以告诉了小姑娘很多关于她母亲的事。这让波丽安娜感觉很温暖，就像妈妈又回到了身边一样。而南希则给波丽安娜讲了关于自己妈妈、弟弟、妹妹们的事情，还邀请波丽安娜有时间去她家里玩。

晚上八点三十分，到了该睡觉的时间。由于纱窗没安上，紧闭窗子的小阁楼闷热得像一个烤箱。波丽安娜努力想让自己快点儿睡着，可是实在太热了。

几个小时后，波丽安娜忍受不了闷热，下床打开了门。

整栋大房子黑漆漆的，只有东边屋顶的窗户有月光透进来，形成一条银色的通道。波丽安娜朝着那里走去，希望那里的窗子能够打开，以便呼吸到新鲜清爽的空气。

波丽安娜走到跟前，发现那里的窗子也没有窗纱。窗子下面是一个平坦的锡铁顶棚，那是波丽小姐日光浴室的房顶。

"要是我的床能摆在那里就好了！"波丽安娜想。

波丽安娜忽然想起，阁楼窗户附近的钉子上挂着很多白色的袋子。南希告诉她那是冬天的衣物，夏天收拾好就放在那里了。波丽安娜走过去，挑选出一个又大又软的袋子当床，一个瘪一点儿的袋子作枕头，一个更瘪的袋子作被单。

波丽安娜拿着这些东西，满心欢喜地走到窗前，先把袋子扔到顶棚上，然后跳下去，再小心地关好窗子。她没有忘记姨妈没装好纱窗窗子不能开的命令。

来到外面，波丽安娜觉得心情畅快极了。她轻轻地踩着锡铁棚顶，脚下发出噼啪的响声，多可爱的声音啊！

"幸亏我的房间没有纱窗，否则就不会有如今的幸福了。"波丽安娜自言自语。

日光浴室旁边就是波丽小姐的房间。此时的她正吓得脸色惨白。她刚刚给提莫西打了电话，告诉他叫上父亲，带着灯笼赶快过来。波丽小姐认为一定是有小偷在日光浴室的顶棚上。

波丽安娜刚刚睡着，就被灯笼的光和惊叫声惊醒了。她睁开眼睛，认出来人是波丽姨妈、老汤姆和提莫西。波丽姨妈非常惊讶地看着波丽安娜，不明白为什么她会睡在这个地方。

波丽安娜告诉姨妈，小阁楼实在太热了，所以才跑到外面来睡觉。波丽小姐听后，只好让波丽安娜去她的房间睡觉。波丽安娜听了非常高兴，她一直都想和一个爱自己、关心自己的亲人一起睡觉。

自从小姑娘来了之后，波丽小姐觉得自己似乎发生了什么改变。

波丽安娜在姨妈家的生活逐渐变得有了规律——每天上午学习朗读、钢琴和缝纫，下午两点到六点自由活动，当然不能做姨妈禁止的事。

天气好的下午，波丽安娜就会恳求姨妈让她"跑趟差事"，这样她就可以在镇子里散步。而每次散步，她几乎都会遇见一位男士。这位男士脸色苍白，穿着一件黑色长外衣，戴着帽子，总是独自一人走得很快。

"先生，您好，今天的天气真好。"当男士走过身边时，波丽安娜愉快地大声说。

"你是在和我说话吗?"男士问。

"是的，先生，我是说今天的天气很好，不是吗?"波丽安娜说。

"哦。"男士只是嘟囔了一声，就走开了。

以后的几天，波丽安娜只要见到那位男士便和他打招呼，可是那位男士却不和她说话。

这天是星期四，波丽安娜要去给斯诺夫人送牛蹄冻。斯诺夫人家境贫寒，而且身患重病，所以波丽小姐每周四都会给她送一次东西，接济她。以前都是由南希送，今天南希很高兴波丽安娜接受了这个差事。南希告诉波丽安娜，斯诺夫人脾气古怪，在她的眼中任何事情都是错的，什么都不合她的心意。这一番话，让小姑娘更想见斯诺夫人了。

波丽安娜来到斯诺夫人家，夫人的女儿给她开了门，带她去妈妈的房间。在昏暗的房间里，半躺半卧着一个女人。

"您好，斯诺夫人。波丽姨妈让我给您带来一些牛蹄冻。"波丽安娜说。

"天啊，我希望是羊肉汤！"斯诺夫人烦躁地说。

活泼开朗的波丽安娜很快引起了斯诺夫人的兴趣。为了能够看清楚小姑娘，夫人让她拉开了很久都没有拉开过的窗帘。阳光透进来，波丽安娜终于看清楚了躺在床上的女人。

波丽安娜高兴地告诉夫人，其实她长得很美，如果能打扮一下会更漂亮。斯诺夫人听从了小姑娘的劝告，让波丽安娜为她梳理了头发。

波丽安娜走后，斯诺夫人的女儿看到妈妈的变化惊讶不已。斯诺夫人还跟女儿说，她希望能够换上一件新的睡衣。

其实睡衣两个月前就买好了，可是斯诺夫人就是不肯换上它。

波丽安娜散步的时候，还是会经常遇见那位男士。每次见面，小姑娘都会和他打招呼，可是他还是非常冷漠。直到有一天，那位男士终于和波丽安娜说了声"下午好"，并且还和她聊了一会儿。此后，他们每次相遇，都是他先开口说"下午好"。

"天啊，波丽安娜，那个男人在和你打招呼！"南希刚巧

看到了他和波丽安娜打招呼，感到十分吃惊。

"是呀，他每次见到我都会和我说话啊。"波丽安娜回答道。

原来，那位男士名叫约翰·潘德莱顿，有很多的钱，住在一栋漂亮的大房子里。他从来不和别人说话，脾气很坏，在大家眼中，他是个吝啬自私的人。

波丽安娜第二次去斯诺夫人家，为她带去了羊肉汤、牛蹄冻和鸡肉三样东西。波丽安娜告诉夫人，这是她的主意，虽然每样都只有一小碗，但这样夫人就不会为想吃而吃不到烦恼了。

可是斯诺夫人告诉小姑娘，她还是觉得不开心，因为今天她的邻居上音乐课，吵得她没有睡好。波丽安娜听了夫人的话，便教给了她那个"寻找快乐"的游戏。例如，斯诺夫人应该为耳朵能听到声音感到高兴，而不应该为听到噪音感到苦恼。

小姑娘的一番话，让斯诺夫人觉得生活似乎又有了希望。

日子过得很快，波丽安娜每天都很开心。只是有一点，她很想和波丽姨妈一起玩玩"寻找快乐"的游戏。可是姨妈告诉过她，不许她再提起死去的爸爸，这样小姑娘就无法再向姨妈介绍"寻找快乐"的游戏了，因为这是爸爸教给她的。

有一天，波丽安娜从小阁楼下来，恰巧看到了正在楼梯过道的姨妈。她以为姨妈是来看她的，便高兴地跑回小阁楼，将门打开迎接姨妈。其实波丽小姐只是想在小阁楼的木箱中找一件披肩。但令波丽小姐惊讶的是，她竟坐在了波丽安娜的小屋子里。

自从波丽安娜来了之后，波丽小姐觉得自己总会做出一些自己本来不打算做的事！

波丽姨妈的到来，让波丽安娜欣喜若狂。她告诉姨妈，自己曾想象着房间里会有地毯、窗帘和画，但即便没有这些东西，她仍然很喜欢这间简陋的小阁楼，因为这是属于

她的房间。

听了外甥女的话，波丽小姐让南希将小姑娘的东西搬到了楼下的一个房间里，那里有地毯、窗帘和画。

知道自己将要搬到下面的漂亮房间，波丽安娜兴奋地去找波丽姨妈，无意间竟摔了门、碰倒了椅子，这些都是波丽姨妈严格禁止的行为。面对小姑娘，波丽小姐假装生气，因为看到波丽安娜如此开心时，她忽然感动得想哭。

"波丽安娜，你刚才摔门了？还弄翻了椅子？"波丽小姐问道。

"是的，是的，姨妈。我摔门了。可是这么高兴的事情，难道不值得摔门吗？姨妈，您摔过门吗？"波丽安娜兴奋地问姨妈。

"天啊，我怎么会摔门呢！"波丽小姐大声说。

自从波丽安娜来了之后，越来越多的奇迹在波丽小姐的家里发生了。

首先是波丽安娜带回来一只流浪猫。开始时波丽小姐并不同意收留这只脏兮兮的小猫，但很快就妥协了。第二天，波丽安娜又带回来一只流浪狗，同样在家里养了起来。通过这两件事，南希觉得波丽小姐的变化真是太大了，因为她以前最讨厌这些小动物了。

一个星期后，更离谱的事情发生了。波丽安娜居然带回来一个小男孩儿。小男孩儿叫吉米·比恩，是个孤儿。因为孤儿院的孩子太多了，所以吉米想找一个能够收养他的人家，可是一直没找到。

听了吉米的话，波丽安娜很替他难过，但很快就高兴起来。

"我知道哪儿会收留你。波丽姨妈会收留你的，她收留了我，还收留了小猫和小狗，她是最善良的人。"波丽安娜肯定地说。

吉米的出现让波丽小姐的神经几乎崩溃了，她责问波丽安娜为什么要带一个小乞丐回家。

听到波丽小姐叫他小乞丐，吉米的自尊心受到了极大伤害。他很严肃地告诉波丽小姐，说自己不是乞丐，而且也不愿意住在这儿，说完就很有尊严地走了。

波丽安娜追出去，跟吉米解释波丽姨妈很善良，可能是自己的过错，所以姨妈才会那样说。波丽安娜还告诉吉米，她可以去姨妈所在的教会，问那些女义工是否愿意收养他。

到了女义工集会的下午，波丽小姐因为头疼便没有参加。波丽安娜正好借这个机会，独自一人去了教会。教会里的女义工人数不少，可是听完小姑娘的介绍，却没人愿意收养吉米，她们宁可捐钱给远在印度的孩子。

波丽安娜失望地离开了教会。她没有直接回家，而是去了约翰住的小山。小山上有一片树林，优美宁静，她透过绿色的树叶望见蓝蓝的天空，心情好多了。

忽然，她听到了一声狗叫，一会儿，一只小狗朝她跑来。

"小狗应该是约翰先生的，我曾经见过一次。"小姑娘

想。

小狗冲她叫个不停，蹦来蹦去。小姑娘终于明白了，小狗这是在引导她。跟着小狗没走多久，波丽安娜便看到约翰先生一动不动地躺在路边的一块巨石旁，他的腿摔断了。

"去我家给奇尔顿医生打电话，叫他来救我。"看到波丽安娜，约翰先生很高兴，把自己家的钥匙给了她。

波丽安娜打了电话，又飞快地跑回约翰先生身边，她可不想留约翰先生一个人在树林里。

很快，奇尔顿医生就带人来了。这位医生非常和善，小姑娘觉得他一定是个很好相处的人。

第二天，波丽安娜见到了吉米，尽管不情愿，但也只得告诉了他实情。不过她觉得总会有办法的。

很快又到了周四的下午。波丽安娜问姨妈是否介意将本来要送给斯诺夫人的牛蹄冻送给约翰先生。波丽姨妈觉得很奇怪，于是波丽安娜将树林里发生的事告诉了她。波丽安娜觉得约翰先生此刻更需要牛蹄冻。

一听说是约翰先生，波丽姨妈连连摇头，但一番考虑，最终还是同意了波丽安娜的建议。但她告诉波丽安娜，千万不要说是波丽小姐给他的。

再次来到约翰先生家里，波丽安娜发现房子里多了很多人——一名女仆、一名男护士和奇尔顿医生。

奇尔顿医生告诉开门的女仆，说这个小姑娘是治疗约翰先生最好的良药，所以赶快带她去约翰先生的房间。奇尔顿医生说对了，约翰先生很高兴见到波丽安娜，他们聊得很投机。在聊天的过程中，约翰先生得知小姑娘是波丽小姐的外甥女，忽然变得温柔起来。

聊了一会儿，波丽安娜准备回家了，奇尔顿医生非要驾车送她一程。路上，她问奇尔顿医生是否喜欢自己的职业，医生说他并不喜欢这个职业，因为总是看到苦难，还说他没有妻子，没有家，非常孤独。

波丽安娜却觉得医生应该为自己能够救助病人而感到幸

福。波丽安娜的话，让医生非常感动。

这个可爱的小姑娘总是能给人带来意想不到的快乐和幸福。

一个雨天，波丽小姐从外面回来，长长的秀发被风吹得凌乱不堪。波丽安娜竟觉得她这时的样子简直美极了，于是哀求姨妈希望可以让自己帮助她梳头。

等波丽小姐缓过神来，发现自己已经坐在了小姑娘房间的梳妆台前。

很快，波丽安娜就把姨妈的头梳好了，还为她披上了一条花边披肩。小姑娘拉着姨妈来到日光浴室，摘了一朵盛开的玫瑰别在她的发间。波丽小姐在花儿的衬托下显得更加美丽动人了。

波丽小姐突然发出一声惊呼，逃回自己的房间。顺着姨妈的目光望去，波丽安娜看见奇尔顿医生正驾着马车飞奔而来。

奇尔顿医生是来接波丽安娜去约翰先生家的。

约翰先生非常高兴波丽安娜能来看他。他让波丽安娜去房间拿来一个雕花盒子，里面装满了约翰先生收集的古董，并开始给她讲关于这些古董的故事。

波丽安娜和约翰先生一起度过了愉快的半个小时，他们谈了很多。小姑娘告诉约翰先生，自己非常愿意常来看望他。

回到家，波丽安娜和南希聊起约翰先生。南希告诉她，也许约翰先生就是波丽小姐以前的情人。

原来波丽小姐曾经有过一个情人，可是后来不知为什么却分手了，于是可爱美丽的波丽小姐就变成了现在这种冷酷孤僻的样子。

波丽安娜觉得如果确实是这样，他们应该找个机会和好。

波丽安娜发现，姨妈除了不喜欢谈论约翰先生外，也不喜欢谈论奇尔顿医生。一天，波丽安娜感冒了，想让奇尔顿医生来看看，但波丽姨妈却说绝对不行，如果她的感冒再不好，家庭医生沃伦先生会来看她的。

八月底的一天，波丽安娜又去看望约翰先生。在他的枕头上，波丽安娜看到了一道五光十色的彩色光带。

"多么漂亮的一道小彩虹啊！约翰先生，它是怎么进来的？"波丽安娜惊呼道。

约翰先生看到波丽安娜这么喜欢这道"小彩虹"，便将蜡烛架上玻璃棱柱吊饰拆下来，挂在窗边，立刻出现了一道更美的彩虹，房间也变得犹如仙境一般，到处跳跃着彩色的光。

约翰先生告诉小姑娘，她才是一道最美的彩虹，而波丽安娜也借机教会了约翰先生玩"寻找快乐"的游戏。

九月，波丽安娜进了学校，很快就和同学们成了好朋友。学校的生活让波丽安娜觉得生活更加美好。

一天，波丽安娜去看望她的老朋友约翰先生。

"波丽安娜，你想不想搬来和我一起生活？"约翰先生恳切地问。

虽然约翰先生是真诚的，但波丽安娜还是拒绝了，因为她觉得自己是属于波丽姨妈的。

约翰先生跟波丽安娜说，现在他住的只是一栋房子，而不是家，有心爱女人和可爱孩子的地方才是真正的家。波丽安娜以为他这样说是想和波丽姨妈和好如初，因为这样她就会和姨妈一起搬过来。

当再一次拜访约翰先生的时候，波丽安娜将自己的想法告诉了他，那就是如果约翰先生和波丽姨妈和好，那么她们两个就有可能都搬过来。可是约翰先生告诉波丽安娜，

他爱着的人并不是波丽小姐，而是波丽安娜的妈妈。波丽安娜听了有些难过，因为她一直希望姨妈能够与约翰先生和好，大家可以愉快地生活在一起，可是现在这个愿望落空了。

不过波丽安娜很快就想出了一个可以让约翰先生满意的办法，那就是吉米。她希望约翰先生能够收留吉米，这样他的房子里就有了一个可爱的孩子，就是一个家了。约翰先生同意先见见吉米。

波丽安娜从约翰先生家里出来，在经过小树林的时候遇到了保罗·福特先生。保罗先生是这个教区的教士，来到小树林是想散散心。

波丽安娜看到保罗先生愁眉苦脸地坐在树下，便过来安慰他。她告诉保罗先生，自己的爸爸也曾经是个穷教士，但对自己的工作一直很开心。

"什么，你的爸爸喜欢做教士？"保罗先生疑惑地问。

"是的，因为我们会一个游戏。"波丽安娜说。然后她将

"寻找快乐"的游戏教给了保罗先生。

当晚，保罗先生就学会了这个游戏，并且有些喜欢教士的工作了。

十月的最后一天，发生了一件可怕的事。波丽安娜在放学回家的路上被汽车撞倒了。她被抬回了家，家里顿时乱了套。波丽小姐脸色苍白，南希泣不成声，沃伦医生接到电话正在赶来。

沃伦医生诊断后告诉大家，波丽安娜的外伤并无大碍，可是她受了很严重的内伤，很可能伤到了脊柱，可能再也站不起来了。

波丽安娜一直发着高烧，直到第二天上午才醒过来。她还不知道自己出了什么事，只是发现自己的腿没有知觉，坐不起来了。女护士亨特小姐告诉她，她被汽车撞了，现在需要吃药和卧床休息。

波丽安娜根本没意识到自己的伤有多严重，还幻想着明天如何去上学。

波丽安娜第二天没有去上学。一周后她才彻底退烧，头脑清醒过来，波丽姨妈不得不将发生的事情又给她讲了一遍。

"只是受伤，又不是生病，那就没什么问题了。"波丽安娜说。

"亲爱的，你在说什么呢?"波丽小姐疑惑地问。

"这样我就不会像斯诺夫人那样一直躺在床上了。约翰先生腿都摔断了，不是也好了吗? 而且，我受伤后，您已经叫过我好几次'亲爱的'了，我真高兴能听见您这样叫我。"波丽安娜笑着说。

波丽小姐听到外甥女这样说，含着泪水离开了房间，她觉得自己快要控制不住了。

约翰先生得知波丽安娜受了伤，马上来看望她。这么多年来，约翰先生和波丽小姐一直没有来往，这是因为波丽安娜的妈妈拒绝了约翰先生的求爱，波丽小姐很同情他，就尽量对他好一些，可是有些人却误解波丽小姐爱上了约翰先生。这件事让波丽小姐很生气，从此就再也不理约翰先生了。但为了波丽安娜，约翰先生还是主动来到了波丽小姐的家。

波丽小姐看他这么诚恳地询问波丽安娜的病情，便告诉他，小姑娘的情况很不好，很可能会终生瘫痪，不过，她却没那么悲观。

约翰先生告诉波丽小姐，他很想收养波丽安娜，但被拒绝了，因为她不肯离开自己的姨妈。

波丽安娜很希望奇尔顿医生能为自己诊治，可是波丽姨妈却说什么也不同意，还说会有一位非常出色的医生来为她看病。

日子一天天过去，波丽安娜并没有好转的迹象。波丽小姐为了能让波丽安娜开心，整天都围着她转，答应她几乎所有的要求。波丽安娜也尽量表现出高兴的样子，说伤好以后，要去看望斯诺夫人、约翰先生和奇尔顿医生。听到波丽安娜这么说，大家的心都要碎了。

那位著名的专家米德医生终于来了。他为波丽安娜做了详细检查，结果很糟——波丽安娜伤到了脊柱，将终生瘫痪。米德医生告诉波丽小姐检查结果时，波丽安娜通过半掩着的门听到了他们的谈话。她惊恐地叫喊着，波丽小姐看到半掩着的门，意识到波丽安娜听到了他们的谈话。

波丽安娜确实听到了他们的谈话。她痛苦极了，如果不能走路，不能去上学，不能去看望朋友们，那将来怎么办呢？她的情绪异常激动，护士亨特小姐只好给她服下了镇定药。

南希给约翰先生带来了有关波丽安娜的消息，他听了非常沮丧。他多么希望这一切都不是真的，波丽安娜会很快地好起来的！临走时，南希告诉约翰先生，即便躺在床上，波丽安娜仍惦记着吉米的事，希望他能再见一次吉米。

镇上的人都知道了波丽安娜出车祸的事，大家都难过极了。女人谈论起这件事会大声哭泣，就连男人也会偷偷抹眼泪。镇上几乎每个人都和波丽安娜玩过"寻找快乐"的

游戏，大家都不愿相信她居然会遇到这么可怕的事。人们
自发地去看望小姑娘，他们有的坐了一会儿，有的带来一

些小礼物，还有的只是站在门廊台阶上打听一下情况，但
每一个人都是真诚的。

约翰先生请波丽小姐转告波丽安娜，他已经收养了吉
米，并且认为吉米的确是个好孩子，他非常满意。

波丽小姐把这个消息告诉了她，波丽安娜的脸上浮现出
久违的笑容。她告诉姨妈，约翰先生曾说过他的家只是一

栋房子，因为里面没有心爱的女人和可爱的孩子，现在他终于有了一个可爱的孩子。

一天下午，斯诺夫人的女儿来到波丽小姐家，请她转告波丽安娜，斯诺夫人经常玩那个"游戏"，并且还会在没事儿的时候做些手工艺品来卖，她希望波丽安娜能快点儿好起来。

很多来访者，如寡妇本顿、失去女儿的塔贝尔夫人、准备和丈夫离婚的汤姆·培森夫人等，都提到了那个"游戏"，那个让他们的生活发生了翻天覆地变化的"游戏"。

波丽小姐终于忍不住问南希，那个"游戏"到底是什么。南希原原本本地把"寻找快乐"的游戏的事都告诉了她。

知道了真相的波丽小姐心情非常复杂，她来到小姑娘的房间，告诉外甥女，自己也想玩一玩这个游戏。听到姨妈这么说，波丽安娜高兴极了。

冬天过去了，波丽安娜和姨妈一直在玩着这个游戏，只是她的腿一直没有起色。但是，镇上的人对波丽安娜的关心却没有丝毫减少，每个人都殷切地希望她能好起来。

有一天，奇尔顿医生来找约翰先生，说希望能到波丽小姐家为波丽安娜诊治，他的一个同学就曾经治好过这种病。可是他却不能去，原因是，他曾是波丽小姐的情人，为了一些事情他们曾大吵了一架。波丽小姐说当再次允许他踏进家门，就意味着同意嫁给他。而波丽小姐一直没原谅他，所以他来找约翰先生帮忙。

在花园除草的吉米正巧听到了奇尔顿医生和约翰先生的谈话，决定去见波丽小姐，告诉她事情的经过。

经过一番权衡，波丽小姐终于红着脸答应奇尔顿医生来家为波丽安娜看病。

奇尔顿医生来了，不过他现在还有一个新的身份，那便是波丽小姐的未婚夫、波丽安娜的新姨夫。这件事让小姑娘高兴了很久。

奇尔顿医生还说了一件令人振奋的事——波丽安娜有很大希望能重新站起来。一周后他送波丽安娜去他同学的实验室。他的同学是位了不起的专家，专门治疗波丽安娜这样的病。

为了能让波丽安娜高兴，波丽小姐和奇尔顿医生特意在小姑娘治病的地方举行了婚礼。

十个月后，远方的波丽安娜终于来信了，可爱的小姑娘能走路了！她在信中说："今天我走了六步。所有的医生和护士都哭了，而我却只想欢呼，能走路真是太好了！明天我要走八步。很快我就可以回家了！"

是呀，家里的每个人、镇子上的每个人，是多么希望波丽安娜能早日健康快乐地回家啊！

卖盐的小伙子

　　每当赶集的时候，集市上总会有一个小伙子在卖盐。一天，恶鬼美丽的女儿来到小伙子的盐摊前。

　　"我要买盐。"少女给了他五个钱币。

　　小伙子将盐称好后递给少女。可少女并不急着离开，而是含情脉脉地看着小伙子。

　　"是我刚才给你称的盐分量不够吗？"小伙子忙问。

　　少女笑而不语。于是，小伙子又称了一些盐递给她，并把之前的五个钱币还给了她。

　　少女道谢之后走了。晚上，小伙子回家数钱，发现钱不但没少，反而比往常多了许多。这个夜晚，他失眠了。

"要是那位姑娘能嫁给我，那我这辈子该有多幸福啊！"少女的笑容深深刻在他的脑海里。

终于又到了赶集的时间，他很早就来到集市上，希望能再次见到少女。

果然，少女出现了，又来到盐摊买盐。小伙子很高兴地帮她将盐装好，还是没收她的钱。买完之后，少女要走。

"真希望下次赶集还能见到你。"小伙子恋恋不舍。

此后，每次赶集，少女都会来小伙子的盐摊，而小伙子每次都会白送一些盐给少女。

小伙子每晚回家点钱，发现钱一次比一次多。转眼，三年过去了。

"我们想见见那位卖盐的小伙子。你去把他请来，让我们好好谢谢他。"一天，恶鬼夫妇对女儿说。

"我父母很喜欢你，想让我请你到我家做客。"少女欢喜地来到盐摊。

小伙子听后，高兴地跟着她走了。

"如果我的父母是恶鬼，你还会娶我吗？"少女有些紧张。

"不管你是恶鬼还是人，我都发自内心地爱你。我愿意用一生陪伴你！"小伙子双手合十，郑重地回答少女。

少女听了，十分感动。

"你不必担心，我们从来不伤人。法林湖旁便是我家，你一定会平安的。"少女微笑着。

没过多久，他们来到一座大山前，一个黑漆漆的洞口出现在眼前。

"一会进入洞口后，你要一直闭着眼睛，直到我让你睁开，记住了吗？"少女叮嘱道。

小伙子听话地闭上眼睛，任凭少女带着他飞行。终于，他们平安着陆了。

"到家了，睁开眼睛吧！"少女欢喜地说。

小伙子睁开双眼，一座宫殿出现在眼前，门口有士兵把守。走进宫中，见到少女的父母，小伙子连忙跪拜。

"快请起，小伙子！每次赶集你都送礼物给我们，可我们是恶鬼，你还敢娶我们的女儿吗？"少女的父亲问。

"在来的路上，我就向小姐表达了心意。我愿意娶她为妻！"小伙子丝毫没有犹豫。

"好吧，小伙子，既然如此，我就没什么可说的了！"少女的父亲很欣慰。

"谢谢您！我一定会好好对待你们的女儿！"小伙子非常感激。

"如果你能送我们三十匹布和十篮柯拉果作彩礼，我们就把女儿嫁给你。你能做到吗？"少女的妈妈问。

"没问题！"小伙子赶紧回答说。

"真是个有出息的好孩子，等到星期五或星期天，你就来接我们的女儿吧！"少女的妈妈微笑着。

小伙子道谢后告辞出来，少女将他送到宫门口。

"我要送你回去，把眼睛闭上。"少女说。

不一会儿，他们便回到了集市上。小伙子回到盐摊继续卖盐，盐很快就卖完了。

他发现这次卖盐的钱，又比以前多了好几倍。

很快，小伙子就将结婚需要的一切都准备齐全了。

星期五那天，他带着彩礼来到少女家，少女的父母却让他回家再收拾收拾房子。

回到家以后，小伙子把屋子打扫得一尘不染，还买了许多崭新的家具。星期六清晨，他又来到少女家。

"小伙子，房前屋后再种点儿花草树木吧！"少女的父母

让小伙子星期天来接女儿。

小伙子听后，又兴高采烈地回去了，将房前屋后重新收拾了好几遍，种好了花草，直到自己觉得满意为止。

星期天终于到了，很多客人带着礼物纷纷赶来，向小伙子表示祝贺。小伙子高兴地拿出柯拉果招待远道而来的亲戚朋友们。

就在小伙子接待亲朋好友时，一个老太太走了过来。

"小伙子，我想跟你说件事儿。"老太太说。

"老奶奶，您有什么事儿?"小伙子忙问。

"我想向你要五十个金币和四篮柯拉果作为礼物。"老太太回答。

"老奶奶，我过些天给您送过去好吗？我的钱都化在这场婚礼上了。"小伙子很尴尬。

"难道你是一个不愿意付出的小气鬼吗？"老太太很恼火。

"有没有五十个金币和四篮柯拉果，先借我，过几天我一定还给你。"小伙子赶紧拉住一个平时要好的朋友。

朋友二话没说，立刻赶回家为小伙子拿来那些礼物。小伙子当场将礼物送给老太太。

"祝你们夫妻恩爱，白头到老!"老太太笑着祝福他，说完，化作一缕青烟不见了。

小伙子刚想带着人去少女家，突然发现少女在女仆的陪伴下，翩然来到小伙子面前。

她身穿一件粉红色的拖地长纱裙，美得好像仙女下凡。新娘的美貌令所有人都惊呆了!

人们兴奋地拍手，对新人的到来表示欢迎。婚宴连续进行了三天三夜，成为这座城市有史以来最热闹的婚礼。

一个星期后，新娘的父母派人给小伙子送来很多钱和礼物，还有许多仆人。

在那些仆人中，小伙子一眼就看到了在婚礼上向他索要礼物的老奶奶，她一直对自己微笑。

小伙子成了城里有名的富翁，每天，家里都有许多宾客前来拜访。

他盛情款待每一位到访的客人，还时常接济那些需要帮助的人。

一天深夜，一个小偷溜进小伙子的家，想趁他熟睡的时候杀死他，并卷走所有财产。

小偷正要下手，忽见一道火焰从新娘的口中喷出，将他击倒在地。

"这个女人是个妖怪啊！"小偷吓坏了。

小伙子醒来，发现倒在地上的小偷，拿刀就要杀死他。

"饶了他吧，我想他一定是遇到什么难处了。"新娘劝丈夫。

邻居们听到动静，来到了小伙子的房间。

"这个小偷刚才喊的话是真的吗?"邻居们纷纷问道。

"我们不必欺骗邻居，反正大家早晚都会知道。"小伙子刚想为妻子解释，妻子就上前拉住他的手。

小伙子觉得妻子说得有道理。

"大家别怕，我的妻子全家都是恶鬼，但他们因为善良早已变成人了。"小伙子大声对邻居们说。

邻居们听后不仅没有害怕，反而被新娘的真诚和善良所打动。不知不觉中，天亮了。

"你这个不知羞耻的小偷，还不赶紧走！今后，如果被我知道你还干这种勾当，绝不会放过你！"小伙子冲还坐在地上的小偷大声斥责。

小偷听后连忙从地上爬起来。

"感谢您饶恕我，我发誓，今后再也不会干这种罪恶的

勾当了!"说完，在大家的一片指责声中，小偷耷拉着脑袋跑出了村子。

从那以后，小伙子依然每天都去集市卖盐。城中无论谁家遇到困难，他们夫妇都会主动前去帮忙。所有人都过着和睦快乐的生活。